OUSAMA GAME Vol.3

First published by Futabasha Publishers Ltd. in 2010

The French language edition published by arrangement
with Futabasha Publishers Ltd., Tokyo
through Tuttle-Mori Agency, Inc., Tokyo

Édition française

Traduction :
Yohan Leclerc

Adaptation graphique :
Clair Obscur

ISBN : 978-2-35592-538-2
Dépôt légal : juin 2013
Achevé d'imprimer en Italie en octobre 2015 par L.E.G.O.

À suivre dans le tome 4 de King's Game

KING'S
GAME
3
Dessin : Hitori Renda
Scénario : Nobuaki Kanazawa

LISTE DES ÉLÈVES - CLASSE DE SECONDE B			
1	Shingo ADACHI	17	~~Daisuke TASAKI~~
2	Toshiyuki ABE	18	~~Hideki TOYODA~~
3	~~Satomi ISHII~~	19	Minako NAKAO
4	Hirofumi INOUE	20	Misaki NAKAJIMA
5	Yûko IMOTO	21	Naoya HASHIMOTO
6	Ria IWAMURA	22	Nami HIRANO
7	Maki IWAMOTO	23	Toshiyuki FUJIOKA
8	Yôsuke UEDA	24	Chiemi HONDA
9	~~Kana UEDA~~	25	Yoshifumi MATSUSHIMA
10	Motoki USHIJIMA	26	Masami MATSUMOTO
11	~~Akira ÔNO~~	27	Kaori MARUOKA
12	Nobuaki KANAZAWA	28	Yûsuke MIZUUCHI
13	Yûsuke KAWAKAMI	29	Emi MIYAZAKI
14	Chia KAWANO	30	Shôta YAHIRO
15	Akemi KINOSHITA	31	Hiroko YAMAGUCHI
16	Mami SHIROKAWA	32	Keita YAMASHITA

LYCÉE PRÉFECTORAL DE TAMAOKA,
CLASSE DE SECONDE B
1 Shingo ADACHI
2 Toshiyuki ABE
3 Satomi ISHII
4 Hirofumi INOUE
5 Yûko IMOTO
6 Ria IWAMURA
7 Maki IWAMOTO
8 Yôsuke UEDA
9 Kana UEDA
10 Motoki USHIJIMA
11 Akira ÔNO
12 Nobuaki KANAZAWA
13 Yûsuke KAWAKAMI
14 Chia KAWANO
15 Akemi KINOSHITA
16 Mami SHIROKAWA
17 Daisuke TASAKI
18 Hideki TOYODA
19 Minako NAKAO
20 Misaki NAKAJIMA
21 Naoya HASHIMOTO
22 Nami HIRANO
23 Toshiyuki FUJIOKA
24 Chiemi HONDA
25 Yoshifumi MATSUSHIMA
26 Masami MATSUMOTO
27 Kaori MARUOKA
28 Yûsuke MIZUUCHI
29 Emi MIYAZAKI
30 Shôta YAHIRO
31 Hiroko YAMAGUCHI
32 Keita YAMASHITA

Dessin : Hitori Renda
Scénario : Nobuaki Kanazawa

KING'S
GAME
3

KING'S GAME

HAN
HAN
HAN
HAN
HAN
PAF

BON SANG, NAMI ! POURQUOI TU NE DÉCROCHES PAS ?!
HAN
HAN
HAN
ELLE N'EST PAS NON PLUS CHEZ ELLE... MAIS OÙ A-T-ELLE BIEN PU PASSER ?
HAN
HAN
HAN
FLOP

ELLE EN EST ARRIVÉE LÀ PARCE QU'ELLE M'A FAIT CONFIANCE ...
TOUT EST DE MA FAUTE !
C'EST À CAUSE DE MOI SI ELLE RISQUE DE...
AAH !!
CALME-TOI ET SERS-TOI DE TA TÊTE !!
LE TEMPS PRESSE... ELLE NE DOIT SURTOUT PAS RESTER SEULE !!
À QUEL AUTRE ENDROIT...
EST-CE QU'ELLE AURAIT PU SE RENDRE ?
J'IRAIS OÙ, SI JE VOULAIS ME RETROUVER SEUL ?!

PLOF
ギュ
MOI AUSSI, JE VIENS TOU-JOURS ICI QUAND IL Y A QUELQUE CHOSE QUI NE VA PAS...
ALORS J'AI PENSÉ QUE TU Y SERAIS PEUT-ÊTRE ...

VSH
HAN
HAN
HAN
NON, ATTENDS !
PLOF
RIEN N'EST ENCORE DÉCIDÉ !!
LÂCHE-MOI !!
HAN
HAN
HAN
HAN

BIEN SÛR QUE SI...
À MINUIT, IL Y A DE GRANDES CHANCES QUE JE MEURE !
BIEN SÛR QUE NON !!
D'ABORD, JE VAIS FAIRE EN SORTE QUE ÇA N'ARRIVE PAS...
ET PUIS TON GAGE NE SERA PEUT-ÊTRE RIEN DE GRAVE !!
AU FINAL ...
JE NE T'AI ÉTÉ D'AUCUNE UTILITÉ !
JE N'AI FAIT QUE TE CAUSER DES ENNUIS !
PARDON POUR TOUT !

MAIS OÙ EST-CE QUE TU VAS CHERCHER ÇA ?!
TU AS CRU EN MON RAISONNEMENT JUSQU'AU BOUT...
ET TU T'ES BATTUE CONTRE LE ROI AU PÉRIL DE TA VIE, DANS LE SEUL BUT DE SAUVER TOUT LE MONDE !
VSH
CE QUI T'ARRIVE EST ENTIÈREMENT DE MA FAUTE !!
JE VAIS FAIRE TOUT MON POSSIBLE POUR T'AI-DER !
DANS CE CAS ...
RESTE AVEC MOI JUSQU'À MINUIT...

FSH
DÉSOLÉE POUR TOUT ÇA...
MAIS POURQUOI TU T'EXCUSES ?
C'EST PLUTÔT À MOI DE TE DEMANDER PARDON...
EN FIN DE COMPTE, JE NE TE SUIS PAS D'UNE GRANDE AIDE...
NE CROIS PAS ÇA...
QUE TU SOIS ICI À MES CÔTÉS, C'EST DÉJÀ BEAUCOUP !
...

J'AVAIS PENSÉ DEMANDER À LA POLICE DE TE PROTÉGER...
SEULEMENT, ÇA M'ÉTONNERAIT QU'ELLE PUISSE FAIRE QUOI QUE CE SOIT !
APPAREMMENT, LES ENQUÊTEURS NE SAVENT RIEN SUR CELUI QUI NOUS ENVOIE LES MESSAGES...
ALORS QU'ILS ONT DÉJÀ EU TOUT LE LOISIR D'EXAMINER LES MAILS RETROUVÉS SUR LES PORTABLES DES VICTIMES ...
ET POUR NE RIEN ARRANGER, ILS NE CROIENT PAS À NOTRE HISTOIRE...
ON EST LES SEULS À POUVOIR SE SORTIR DE LÀ !
ET TU PEUX COMPTER SUR MOI POUR NE PAS ABANDONNER, QUOI QU'IL ARRIVE !!
D'ACCORD ...

BIP
5 MINUTES RESTANTES
ガタ
BRRR
ガタ
ガタ

BRR
LA PAUVRE ...
QUAND IL NE NOUS RESTE QUE QUELQUES MINUTES À VIVRE...
ON EST COMME UN PRISONNIER QUI ATTEND SON EXÉCUTION...
BRR
ON EST PRIS D'UNE TERREUR QUI PEUT FACILEMENT RENDRE FOU !
POF

NO-BUAKI ...
BIP
BIP
BIP
BIP
BIP
BIP
26/10
ROI
JEU DU ROI
60 SECONDES RESTANTES.

BOBOM
BOBOM
BOBOM
BOBOM
BOBOM
ÇA Y EST, TOUT EST FINI !
JE VAIS MOURIR...
ALORS QUE JE N'AI MÊME PAS AVOUÉ MES SENTIMENTS À NOBUAKI !
NON, HORS DE QUESTION !!!
ÉCOUTE ...
J'AI QUELQUE CHOSE D'IMPOR-TANT À TE DIRE !
EN FAIT...
JE...

WIIT
QUOI ?
BRR
JE...
JE NE REGRETTE RIEN...
BRR
PLOF

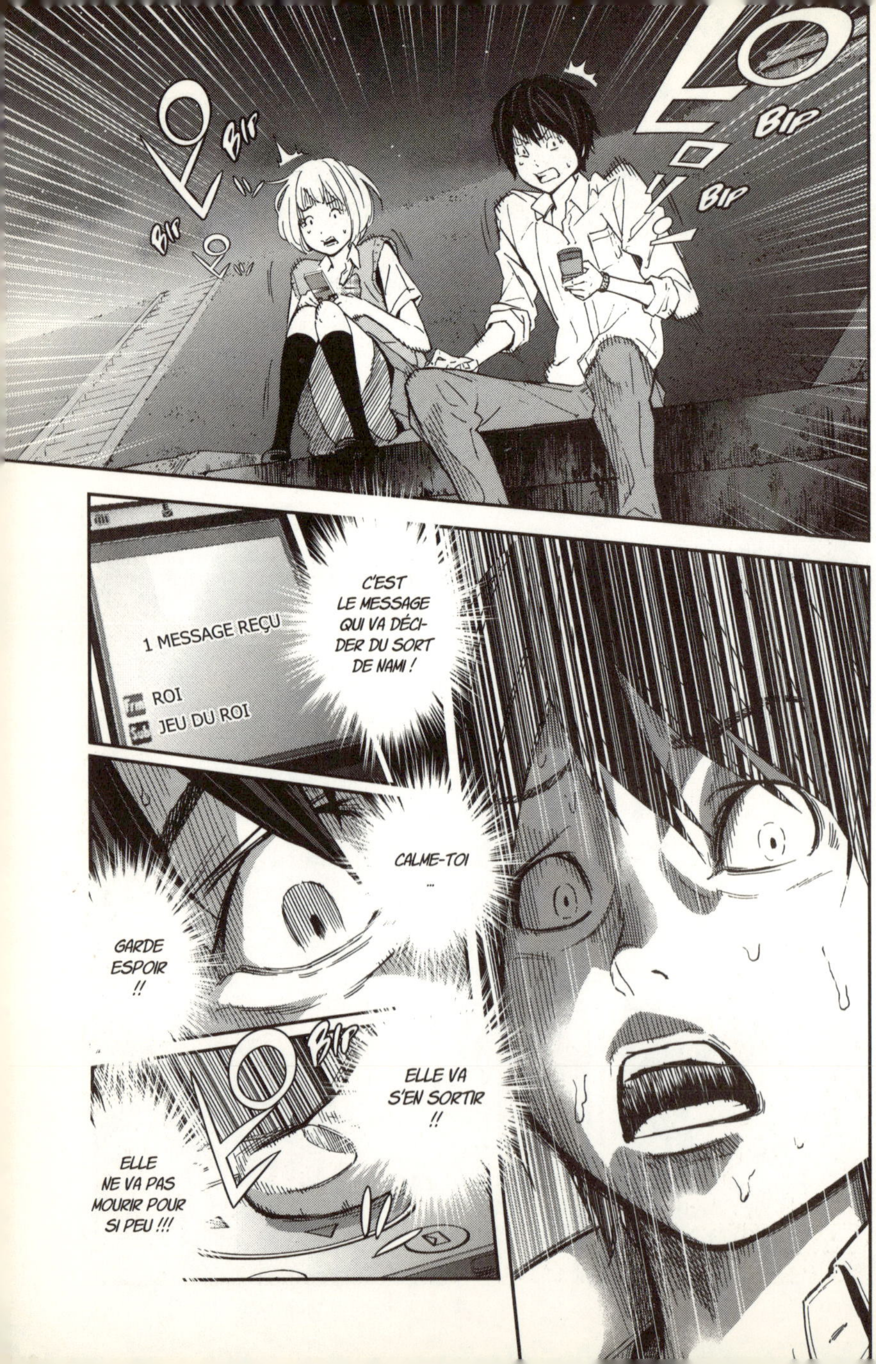
BIP
BIP
BIP
BIP
1 MESSAGE REÇU
ROI
JEU DU ROI
C'EST LE MESSAGE QUI VA DÉCIDER DU SORT DE NAMI !
CALME-TOI ...
GARDE ESPOIR !!
BIP
ELLE VA S'EN SORTIR !!
ELLE NE VA PAS MOURIR POUR SI PEU !!!

26/10 23:59
ROI
JEU DU ROI
L'ÉLÈVE N° 22, NAMI HIRANO, EST CONDAMNÉE AUX TÉNÈBRES ÉTERNELLES POUR NE PAS AVOIR EXÉCUTÉ LES ORDRES DU ROI. JE SUIS DANS LA CLASSE. IL EXISTE UN MOYEN DE ME TROUVER.
QU'EST-CE QUE C'EST QUE CETTE HISTOIRE DE TÉNÈBRES ÉTERNELLES ?!
JEU DU ROI
JE SUIS DANS LA CLASSE. IL EXISTE UN MOYEN DE ME TRO HAÏSSEZ-VOUS LES UNS LES AUTRES.
--END--
IL SE FICHE DE NOUS ?
LE ROI NE PEUT PAS SE TROUVER DANS LA CLASSE ! NAMI VIENT JUSTEMENT DE LE PROUVER !!
NOBUAKI ...
ÇA VA ?!
TU N'AS RIEN ?!
AAAH ...
UN PROBLÈME ?

OÙ TU ES ?
VSH
IL... IL FAIT TOUT NOIR, JE N'Y VOIS RIEN ...
POURQUOI ? QU'EST-CE QUI SE PASSE ?
VSH
ARRÊTE, NAMI, TU COMMENCES À ME FAIRE FLIPPER ...
JE SUIS LÀ, JUSTE DEVANT TOI !
TU DEVRAIS M'APERCEVOIR !
UNE PETITE MINUTE...
ÇA NE SIGNIFIE QUAND MÊME PAS QU...

JE...
JE SUIS AVEUGLE ...
SI SEULEMENT TU NE M'AVAIS PAS ÉCOUTÉ...
PARDON ...
GH ...
SI TU SAVAIS COMME JE M'EN VEUX...

LE CÔTÉ POSITIF, C'EST QUE J'AI SUR-VÉCU...
TU AVAIS RAISON...
FINALE-MENT !
OUF ...
JE POURRAI ENCORE PAS-SER DU TEMPS AVEC TOI !
OUI ...

BIP
BIP
GH...
QU'EST-CE QUE C'EST ?!
L'ORDRE SUIVANT ?!
QU...
ROI
JEU DU ROI
ORDRE N° 9 : L'ÉLÈVE N° 12, NOBUAKI KANAZAWA, DOIT PERDRE QUELQUE CHOSE DE PRÉCIEUX.
--END--
C'EST PAS VRAI... CETTE FOIS, C'EST MON TOUR !
MAIS JE NE COMPRENDS PAS...
DES CHOSES QUI M'ÉTAIENT CHÈRES...
J'EN AI DÉJÀ PERDU BEAUCOUP !
QUELQUE CHOSE DE PRÉCIE
LA QUESTION EST PLUTÔT DE SAVOIR CE QU'IL ME RESTE...
QUE DIT LE MES-SAGE ?!
RIEN DE GRAVE, NE T'INQUIÈTE PAS !
AH...
EUH...
CE N'EST QUAND MÊME PAS TOI QUI AS ÉTÉ DÉ-SIGNÉ ?!
NON...
JE T'ASSURE !
TOUT VA BIEN, ALORS...

TRILILI
ÇA SONNE !
TU NE RÉPONDS PAS ?!
TRILILI
C'EST SÛREMENT QUELQU'UN QUI S'INQUIÈTE POUR TOI...
TU NE CROIS PAS ?!
BIP
BIP
BIP
TRILILI
BIP
BIP
BIP
BIP
BIP

チュン
WI
チュン
WI
HMM ...
トゥルルル
TRILILI
トゥルルルル...
TRILILI
トゥルルルル...
TRILILI
トゥルルルルル...
TRILILI
TRILILI

ZUT, C'EST VRAI...
JE SUIS RESTÉ AVEC NAMI...
ET J'AI FINI PAR M'ENDORMIR !
VSH
MAIS OÙ EST-ELLE PASSÉE ?
ELLE NE M'A PAS RÉVEILLÉ... POURQUOI ?
OÙ EST-CE QU'ELLE COMPTE ALLER, DANS SON ÉTAT ?!
CRR
NAMI !!

NAOYA, EST-CE QUE TU AS CROISÉ NAMI AU LYCÉE ?!
NON, ELLE NE S'EST PAS POIN-TÉE CE MATIN !
MAIS... ET TOI ?! QU'EST-CE QUE TU COMPTES FAIRE, POUR L'ORDRE DU JOUR ?!
NAMI ...
EST AVEUGLE, À PRÉSENT...
QUOI ?

GARE DE TAMAOKA SUD
TOUT EST DE MA FAUTE ...
C'EST À CAUSE DE MOI SI ELLE A PERDU LA VUE...
ET MAINTE-NANT, ELLE A DISPARU...
IL FAUT LA RETROUVER AU PLUS VITE, ELLE NE DOIT PAS RESTER SEULE !
COMPRIS ! JE VAIS FAIRE TOUT MON POS-SIBLE !
DE TON CÔTÉ, RÉFLÉCHIS D'ABORD À UNE SOLUTION POUR OBÉIR U ROI !
ON S'OCCUPERA DE ÇA PLUS TARD !
MAIS ...
NOTRE PRIORITÉ, C'EST NAMI !

本屋
2・3F
KAZUBA COFFEE
UBA COF
ハロウ
ゆずほ銀行

TRILILI
HAN
HAN
HAN
HAN
HAN
APPEL
NAMI
BIP
FSH
CLAP
HAN
HAN
HAN
NAMI...
FAIS-MOI CONFIANCE ...
UNE DERNIÈRE FOIS !
JE T'EN PRIE...

TRILILI
TRILILI
CLIC
A... ALLÔ ?
NAMI !!
TU VAS BIEN ?!
J'ÉTAIS MORT D'IN-QUIÉTUDE !!

DÉSOLÉE D'AVOIR DISPARU SANS PRÉVENIR...
VSH
JE NE VOULAIS PAS TE CAUSER PLUS DE SOUCI !
JE T'AI CHERCHÉE PARTOUT !!
OÙ EST-CE QUE TU ES ?!
NE T'EN FAIS PAS, IL NE M'EST RIEN ARRIVÉ...
SAVOIR QUE TU T'INQUIÈTES POUR MOI, ÇA ME SUFFIT...
J'ENTENDS UN BRUIT DE FOND... ELLE SERAIT DEHORS ?
LE VENT, PEUT-ÊTRE ? NON... EN TOUT CAS, CE SON M'EST FAMILIER...
EST-CE QUE...
JE SUIS QUELQU'UN D'IMPORTANT, POUR TOI ?
ÉVIDEMMENT QUE OUI !!
TU TE RENDS COMPTE QUE J'ÉTAIS MALADE À L'IDÉE DE TE SAVOIR SEULE DEHORS ?!

JE SUIS AU COURANT, TU SAIS...
POUR L'ORDRE QUE TU AS REÇU...
LE ROI T'A DEMANDÉ...
DE PERDRE QUELQUE CHOSE DE PRÉCIEUX !
AH, EXACT !
J'AI CASSÉ TOUT CE QUE JE TROUVAIS CHEZ MOI ET J'AI OBTENU UN MESSAGE DE CONFIRMATION ILLICO !
MERCI...
C'EST GENTIL DE MENTIR...

MAIS JE NE MENS PAS !
JE T'AI DIT QUE J'ÉTAIS AU COURANT DE TOUT ...
AKEMI M'A TÉLÉPHONÉ, ET JE LUI AI POSÉ LA QUESTION !
AU LIEU DE PENSER À TOI, TU AS PASSÉ TON TEMPS À ME CHERCHER...
ÇA ME FAIT PLAISIR ...
QUELQUE CHOSE DE PRÉCIEUX ...
EST-CE QUE MA VIE POURRAIT CONVENIR ?

NE DIS PAS N'IMPORTE QUOI !
JE N'AI QU'À RENTRER CHEZ MOI POUR TROUVER DES TAS DE CHOSES AUXQUELLES JE TIENS !
IL SUFFIT QUE JE LES CASSE, ET LE TOUR SERA JOUÉ !
C'EST PLUS DUR QUE CE QUE JE PENSAIS, D'ÊTRE AVEUGLE...
AU BOUT D'UNE JOURNÉE SANS RIEN VOIR, JE M'EN SUIS BIEN RENDU COMPTE...
ET PUIS, JE SUIS TERRIFIÉE ...
À L'IDÉE QUE CE JEU CONTINUE...
JE TE PROTÉGERAI QUOI QU'IL ARRIVE, C'EST PROMIS !
ALORS IL FAUT QUE TU T'ACCROCHES !!
IL Y A QUELQUE CHOSE QUE J'AURAIS VOULU TE DIRE...
MAIS IL VAUT MIEUX QUE JE GARDE ÇA POUR MOI...
POUR NE PAS T'EMBÊTER DAVANTAGE...
?!

MERCI ...
LES MOMENTS QU'ON A PASSÉS ENSEMBLE SONT INOUBLIABLES !
BYE-BYE, NOBUAKI...
NON, ATTENDS !!
CLIC
TUT
TUT
TUT

PLAF
ÇA Y EST, TU ES CONTENT ?! JE DÉTRUIS TOUT CE QUE J'AI DE PRÉCIEUX...
ALORS ENVOIE-MOI UN MESSAGE DE CONFIRMATION, BON SANG !!
BAM

HAN
HAN
HAN
CLIC
TAC
HAN
HAN
HAN
BAM

C'EST PAS POSSIBLE ...
POURQUOI EST-CE QUE RIEN NE MARCHE ?!
LE TEMPS PRESSE...
JE DOIS VITE TROUVER UN MOYEN D'EXÉCUTER CET ORDRE ET DE DISSUADER NAMI, SINON...
AU FAIT, QUAND JE L'AI APPELÉE, TOUT À L'HEURE...
LE BRUIT DE FOND QUE J'ENTENDAIS...
ON AURAIT DIT DES VAGUES !
MAIS ALORS...
ELLE SE TROUVERAIT AU BORD DE LA MER ?
DANS CE CAS, ELLE EST SÛREMENT SUR LA PLAGE DE NATA !

BON SANG... SI JE NE TROUVE PAS UNE SOLUTION RAPIDEMENT, ELLE VA...
TAP
TAP
TAP
TAP
QU'EST-CE QUE J'AI DE PLUS PRÉCIEUX ?
QUELQUE CHOSE QUI COMPTE PLUS QUE TOUT LE RESTE ?
GH...
VRRR
VRRR
BIP
NOBUAKI !!

CLIC
TAP
ALLÔ, C'EST TOI ? J'AI CRU QU'ON N'ARRIVERAIT JAMAIS À SE JOINDRE !!
TAP
TAP
CHIEMI, J'AI QUELQUE CHOSE DE TRÈS IMPORTANT À TE DIRE !!
QU'EST-CE QUI SE PASSE ?
TAP
JE SUIS RESTÉ AVEC NAMI TOUTE LA NUIT...
JE L'AI PRISE DANS MES BRAS, ON S'EST EMBRASSÉS, ET ON A MÊME COUCHÉ ENSEMBLE !!
JE SUIS TOMBÉ AMOUREUX D'ELLE...
ALORS JE VEUX QU'ON SE SÉPARE !!
QUOI ?!
POURQUOI TU ME RACONTES...
DES CHOSES PAREILLES ?!
C'EST FINI ENTRE NOUS, TU PIGES ?!
J'EN AI MARRE DE TOI, JE NE VEUX PLUS TE VOIR !
NE T'APPROCHE PLUS DE MOI !

HAN
HAN
HAN
BIP
BIP
JEU DU ROI
L'ORDRE A BIEN ÉTÉ EXÉCUTÉ.
--END--
PARDON, CHIEMI...
MAIS C'ÉTAIT LA SEULE SO-LUTION...
TAP
TAP
TAP

FSH
ザザ…
NAMIIII !!
GH…
HAN
HAN
CLAP
APPEL
NAMI
090-XXXX-○XX○
BIP

TRILILI
TAP
TAP
TRILILI
VRR
VRR
TRILILI
TRILILI
TIING
TRILILI

NOBUAKI
JE T'AIME

NOBUAKI
E T'AIM
SNIF...

NOOON !
MAIS SI JE ...
SI TU ...
AAH !
NAMI !!
GH ...
NAMIIII !!
MERCI ...
LES MOMENTS QU'ON A PASSÉS ENSEMBLE SONT INOUBLIABLES !
BYE-BYE, NOBUAKI...

AAAAAH!
FSH
JE T'AIME
FSH
JE T'AIME

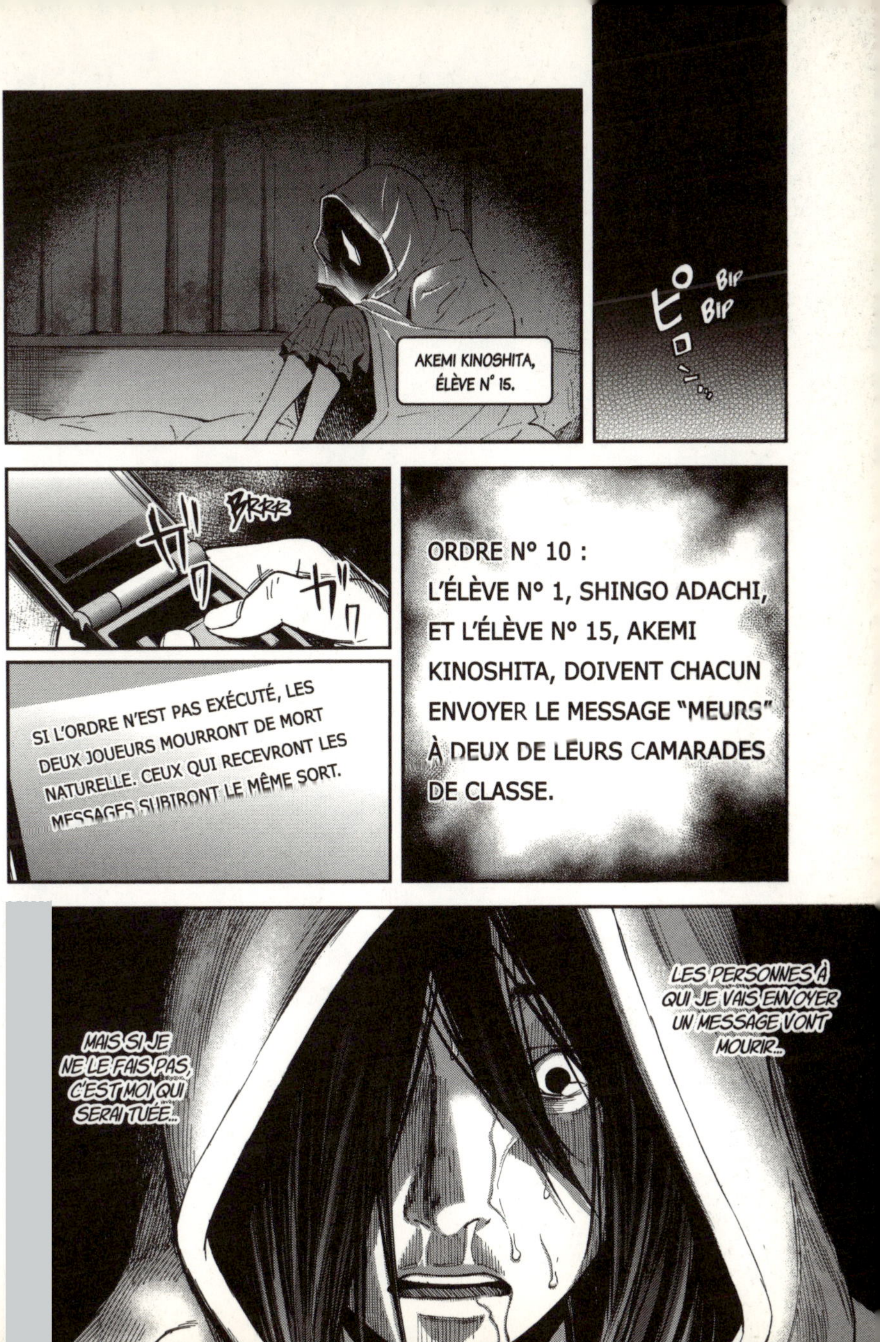
BIP
BIP
AKEMI KINOSHITA, ÉLÈVE N° 15.
ORDRE N° 10 :
L'ÉLÈVE N° 1, SHINGO ADACHI, ET L'ÉLÈVE N° 15, AKEMI KINOSHITA, DOIVENT CHACUN ENVOYER LE MESSAGE "MEURS" À DEUX DE LEURS CAMARADES DE CLASSE.
BRRRR
SI L'ORDRE N'EST PAS EXÉCUTÉ, LES DEUX JOUEURS MOURRONT DE MORT NATURELLE. CEUX QUI RECEVRONT LES MESSAGES SUBIRONT LE MÊME SORT.
LES PERSONNES À QUI JE VAIS ENVOYER UN MESSAGE VONT MOURIR...
MAIS SI JE NE LE FAIS PAS, C'EST MOI QUI SERAI TUÉE...

BIP
M
SNIF...
TAC
BIP
GH!!
TAC
BIP
E
BIP
SNIF...
TAC
U_
BIP
TAC
BIP
R_
TAC
BIP
TAC
BIP
E
T
S
MEURS_
AAAH...
BIP

JE NE SAIS PAS QUOI FAIRE...
COMMENT ÇA ? LA QUESTION NE SE POSE MÊME PAS !!
SI TU N'OBÉIS PAS, TU VAS CREVER !!
TU T'EN FICHES, OU QUOI ?!
BIEN SÛR QUE NON !
MOTOKI USHIJIMA, ÉLÈVE N° 10.
SHINGO ADACHI, ÉLÈVE N° 1.
MAIS... TUER DEUX PERSONNES...
J'EN SUIS INCAPABLE !!
TANT PIS, JE PRÉFÈRE QUE CE SOIT QUELQU'UN D'AUTRE QUI MEURE...
PLUTÔT QUE TOI !!

SI TU N'ARRIVES PAS À ENVOYER CES MESSAGES, JE VAIS LE FAIRE À TA PLACE !!
HEIN ?!
ARRÊTE, C'EST HORS DE QUESTION !!
VSH
PASSE-MOI TON PORTABLE, JE TE DIS !
TAC
AH !
PLAF

FSH
POURQUOI EST-CE QUE TU T'ES SACRIFIÉE POUR MOI...
ALORS QUE JE N'AI MÊME PAS ÉTÉ FICHU DE T'AIDER ?
PARDONNE-MOI, NAMI... JE SUIS VRAIMENT DÉSOLÉ...
J'AI BIEN REÇU...
TON DERNIER MESSAGE...
NOBUAKI JE T'AIME
MAINTENANT QUE J'Y PENSE...

ザザー
FSH
PLOF
ガッ
PARDON, NAMI !
ピッ
BIP
パ
CLAP
カッ

RÉCEPTION
ENVOI
BROUILLONS (1)
ENVOYÉS
CORBEILLE
IL Y A UN MESSAGE NON ENVOYÉ !!
BIP
BIP
PEUT-ÊTRE QUE...
N
OUI, C'EST COMME POUR AKIRA !!
LORSQU'IL EST MORT, IL RESTAIT UN MESSAGE CONTENANT UNE SEULE LETTRE SUR SON PORTABLE !
E
IMPOSSIBLE QUE CE SOIT UNE COÏNCIDENCE...
CES LETTRES ONT FORCÉMENT UN LIEN AVEC LE ROI !

PEUT-ÊTRE QU'IL Y EN A AUSSI SUR LES PORTABLES DES AUTRES VICTIMES...
VSH
DANS CE CAS, JE SAIS CE QU'IL ME RESTE À FAIRE...
SI CES MESSAGES PEUVENT ME RAPPROCHER NE SERAIT-CE QUE D'UN POIL DU COUPABLE, JE DOIS ABSOLUMENT LEUR METTRE LA MAIN DESSUS !!
SPLASH

JE ME SUIS AUSSITÔT PRÉCIPITÉ CHEZ LA MÈRE DE DAISUKE...
TASAKI
POUR LUI DEMANDER SI ELLE POUVAIT ME LAISSER VOIR LE TÉLÉPHONE DE SON FILS...
À CETTE HEURE-CI ?!
UN PEU DE BON SENS, ENFIN, ÇA NE SE FAIT PAS !
JE SUIS VRAIMENT DÉSOLÉ ...
MAIS C'EST LÀ QUE SE TROUVE LA DERNIÈRE PHOTO QU'ON A PRISE ENSEMBLE...
ET JE VOUDRAIS ABSOLUMENT LA RÉCUPÉRER !
S'IL VOUS PLAÎT !
JE VOUS EN PRIE...
C'EST TRÈS IMPORTANT POUR MOI !!
...

SON MOBILE AUSSI CONTE-NAIT UN DE CES MYSTÉ-RIEUX MES-SAGES...
COMME JE M'Y AT-TENDAIS...
O
JE DOIS TOUTES LES DÉCOUVRIR...
C'EST PEUT-ÊTRE UN INDICE CRUCIAL !
?
E
?
N
?
O
ON DIRAIT QUE JE SUIS SUR LA BONNE VOIE... RESTE À TROUVER LES AUTRES LETTRES !

ALORS JE ME SUIS IMMÉDIATEMENT RENDU CHEZ HIDEKI...
POUR VÉRIFIER SON TÉLÉPHONE À LUI AUSSI !
JE SUIS VRAIMENT NAVRÉ...
BIP
BIP
BIP
BIP
COMMENT C'EST POSSIBLE ?
RÉCEPTION
ENVOI
BROUILLONS (0)
ENVOYÉS
CORBEILLE
IL DEVRAIT Y AVOIR UN MESSAGE, POURTANT !
EUH... EST-CE QUE VOUS AVEZ EFFACÉ QUELQUE CHOSE ?
NON, JE N'AI TOUCHÉ À RIEN !

CE N'EST PAS NORMAL...
QU'EST-CE QUE ÇA SIGNIFIE ?!
BIP
BIP
J'Y PENSE... C'EST PEUT-ÊTRE LA FILLE QUI EST PASSÉE HIER !
QUOI ?!
QUELQU'UN D'AUTRE EST VENU EXAMINER CE PORTABLE ?!
OUI, ELLE M'A DIT QU'ELLE ÉTAIT DANS LA MÊME CLASSE QUE MON FILS...
IL ME SEMBLE QU'ELLE S'APPELAIT SATOMI !
SATOMI ...
MAIS C'EST IMPOSSIBLE !
SATOMI ISHII ?!
ÇA NE PEUT PAS ÊTRE ELLE !!

SATOMI EST CENSÉE ÊTRE MORTE...
HIDEKI TOYODA ET SATOMI ISHII SONT DÉCÉDÉS LA NUIT DERNIÈRE ...
POUR AVOIR DÉSOBÉI AUX ORDRES DU ROI !
C'EST VRAI QU'À CE MOMENT-LÀ, AUCUN D'ENTRE NOUS N'AVAIT ENCORE SAISI LA GRAVITÉ DE LA SITUATION...
...
EXCUSEZ-MOI, MAIS...
CETTE SATOMI, À QUOI ELLE RESSEMBLAIT ?
HMM ...
SI JE ME SOUVIENS BIEN...
ELLE MESURAIT ENVIRON 1 M 60, LES CHEVEUX MI-LONGS...
ELLE AVAIT L'AIR D'UNE JEUNE FILLE BIEN SOUS TOUS RAPPORTS !

1 M 60, LES CHEVEUX MI-LONGS, L'AIR SAGE...
ÇA COLLE PARFAITEMENT À LA DESCRIPTION DE SATOMI !
JE RÊVE...
GRRR
C'EST ABSURDE !

ELLE SERAIT TOUJOURS EN VIE ?!
DANS CE CAS, ELLE AURAIT SIMULÉ SON DÉCÈS...
ET EFFACÉ CE MESSAGE ?!
HAN
HAN
HAN
JE N'Y COMPRENDS PLUS RIEN...
QUI EST LE ROI, À LA FIN ?!

LE LENDEMAIN, À LA PREMIÈRE HEURE...
JE ME SUIS RENDU CHEZ SATOMI POUR DEMANDER À EXAMINER SON PORTABLE...
Blr
Blr
DÉSOLÉ... J'EN AI POUR UNE SECONDE ...
Blr
Blr
QU...
AUCUN MESSAGE NON ENVOYÉ ?!
RÉCEPTION
ENVOI
BROUILLONS (0)
ENVOYÉS
CORBEILLE

PERSONNE N'EST VENU HIER, PAR HASARD ?
HIER ?
SI, EN EFFET !
UNE FILLE QUI S'APPELAIT KANA, JE CROIS...
KANA UEDA ?!
C'EST QUOI, CE DÉLIRE ?
MAIS POUR ELLE, IL N'Y A PAS DE DOUTE, ELLE EST BEL ET BIEN MORTE...
TOUTE LA CLASSE L'A VUE SE JETER PAR LA FENÊTRE !!
DONC...
IL N'Y A QU'UNE EXPLICATION POSSIBLE...
BRRR

QUELQU'UN EFFACE LES MESSAGES UN PAR UN EN SE FAISANT PASSER POUR LES DISPARUS !
C'EST BON, TU AS FINI ?!
AH, DÉSOLÉ... JUSTE UNE DERNIÈRE QUESTION : LA FILLE QUI EST VENUE HIER, DE QUOI ELLE AVAIT L'AIR ?
COMMENT VEUX-TU QUE JE M'EN SOUVIENNE ?!
TU VAS ME LAISSER TRANQUILLE, À LA FIN ?!
PARDON DE VOUS AVOIR DÉRANGÉE SI TÔT !
MERCI POUR TOUT !
MAINTENANT QUE J'Y PENSE...
OUI ?
...
MAIS QUI ÇA PEUT BIEN ÊTRE ?!
CETTE MYSTÉRIEUSE FILLE AUX CHEVEUX MI-LONGS... CE SERAIT ELLE, LE ROI ?

OUI... ÇA NE PEUT ÊTRE QU'ELLE...
ALLEZ, RAMÈNE-TOI... JE T'ATTENDS !
ON DIRAIT QUE TU AS ENFIN COMPRIS...
QUI FAISAIT DISPARAÎTRE LES MESSAGES !

RIA !!
ALORS C'ÉTAIT BIEN TOI !

NOBUAKI !!
JE SUIS TOMBÉ AMOUREUX D'ELLE...
ALORS JE VEUX QU'ON SE SÉPARE !!
C'EST FINI ENTRE NOUS, TU PIGES ?!
NE T'APPROCHE PLUS DE MOI !
BIP
BIP
BON SANG, MAIS QU'EST-CE QUI S'EST PASSÉ ?!
TU POURRAIS AU MOINS RÉPONDRE AU TÉLÉPHONE... J'ÉTAIS MORT D'INQUIÉTUDE !

LAISSE-MOI TRANQUILLE !!
HEIN ?
TOUS MES AMIS FINISSENT PAR MOURIR...
ALORS ÉLOIGNE-TOI DE MOI !
JE VAIS ME DÉBROUILLER TOUT SEUL, OK ?!
QUOI ?!
MAIS ATTENDS !!
VSH
AH !
GH...

TU AS LARGUÉ TA PETITE AMIE POUR OBÉIR AU ROI, PAS VRAI ?
ENFIN, L'IMPORTANT, C'EST QUE TU T'EN SOIS SORTI !
Vfff
LA FERME ! JE ME PASSERAI DE TES COMMENTAIRES !
EXPLIQUE-MOI PLUTÔT...
POURQUOI ...
BIP
BIP
TU AS SUPPRIMÉ CES FOUTUS MESSAGES EN TE FAISANT PASSER POUR NOS CAMARADES MORTS !

LES DESCRIPTIONS QU'ON M'A FAITES ÉTAIENT ASSEZ VAGUES, ELLES POUVAIENT S'APPLIQUER À BEAUCOUP DE MONDE...
BIP
BIP
MAIS...
BIP
DÈS QU'ON M'A PARLÉ DES DEUX PORTABLES, J'AI SU QUE C'ÉTAIT TOI !
CLAP
LA MÈRE DE SATOMI M'A DIT...
JE ME RAPPELLE QUE CETTE FILLE SE BALADAIT AVEC DEUX TÉLÉPHONES !
ET IL N'Y A PAS BEAUCOUP DE LYCÉENS DANS CE CAS-LÀ !

OUF, TU ES AUSSI BÊTE QUE JE LE PENSAIS !
QU...
J'AI LAISSÉ DES INDICES EXPRÈS !
JE VOULAIS SAVOIR SI QUELQU'UN D'AUTRE QUE MOI S'ÉTAIT APERÇU DE L'EXISTENCE DE CES MESSAGES...
ET TU AS MORDU À L'HAMEÇON DIRECT !
GH...

MAIS QU'EST-CE QUI T'A PRIS ...
DE LES EFFACER ?!
DONNE-MOI TOUT DE SUITE LES LETTRES QU'ILS CONTENAIENT !!
FSH

JE TE L'AI DÉJÀ DIT, C'EST MOI LE ROI...
VOILÀ POURQUOI J'AI FAIT ÇA !
IL N'Y A PAS D'AUTRE RAISON ...
TU DEVRAS M'ÉLIMINER, SI TU VEUX METTRE UN TERME AU JEU...
LÀ, TOUT DE SUITE, IL TE SUFFIRAIT D'UNE PETITE POUSSÉE POUR LE FAIRE !

EST-CE QUE TU EN ES CAPABLE ?
TU TE FICHES DE MOI ?!
LE COUPABLE N'EST PAS DANS LA CLASSE, NAMI A PAYÉ ASSEZ CHER POUR LE PROUVER !!
SAUF QU'ELLE NE M'A JAMAIS TOUCHÉE ...
C'EST MOI QUI LUI AI PRIS LA MAIN !
FRSH
ARRÊTE DE JOUER SUR LES MOTS !!
CE N'ÉTAIT PAS TOI QUI CRIAIS À QUI VOULAIT L'ENTENDRE QUE LE ROI SE TROUVAIT PARMI NOUS ?

VOILÀ CE QUE JE TE PROPOSE...
SI DANS DIX SECONDES TU NE M'AS PAS TUÉE ...
JE CONDAMNE À MORT UN AUTRE DE NOS CAMARADES !
DIX ...
QUOI ?!
ATTENDS !!
NEUF ...
HUIT ...
MAIS QU'EST-CE QUI LUI PREND ?!
LE ROI NE RÉVÉLERAIT PAS SON IDENTITÉ SI FACILEMENT !
SEPT ...
ALORS QU'EST-CE QU'ELLE VEUT ?!
SIX ...
COMMENT ELLE SAIT TOUTES CES CHOSES SUR LE JEU ? ET POURQUOI CETTE CO-MÉDIE ?!

ET SI...
BRR
BRR
NON...
BRR
BRR
PAS DU TOUT...
DEVENIR MUSICIEN... MOI AUSSI, C'EST MON RÊVE...
C'ÉTAIT VRAIMENT ELLE...
LE ROI ?!
MERCI...
LES MOMENTS QU'ON A PASSÉS ENSEMBLE SONT INOUBLIABLES !
BYE-BYE, NOBUAKI...

JE ...
JE SUIS AVEUGLE...
PLAF
VSH

SI JE DÉCOUVRE QUE TU ES LE ROI, JE TE TUERAI DE MES MAINS !
MAIS POUR L'INSTANT, JE N'AI AUCUNE PREUVE !!

TU ES PATHÉTIQUE...
ET CHIANT À MOURIR !
FSH
TCHAC
QU...

DZZT
あ!
AAAH!
あ
あ
GH...

SI J'AVAIS VRAIMENT ÉTÉ LE ROI, CE COUP T'AURAIT ÉTÉ FATAL !
DZZZT
DZZZT
AAAH...
HAN
HAN
ARGH... JE ME SUIS PRIS UNE DÉCHARGE DE TASER ?!
GH...
MAIS QU'EST-CE QUE RIA FABRIQUE AVEC UN TRUC PAREIL ?
DZZZT

TU CROIS VRAIMENT ÊTRE ASSEZ DÉTERMINÉ POUR FAIRE FACE AU ROI ?!
SI C'EST TOUT CE QUE TU AS DANS LE VENTRE, JE TE CONSEILLE DE RESTER SIMPLE SPECTATEUR !
ARGH...
PLOF
NOS CAMARADES MEURENT LES UNS APRÈS LES AUTRES...
MAIS TOI, ON DIRAIT QUE ÇA NE TE FAIT NI CHAUD NI FROID ! COMMENT PEUX-TU ÊTRE AUSSI INSENSIBLE ?!

TU POURRAIS FAIRE PREUVE D'UN PEU PLUS DE RESPECT...
ENVERS LA PERSONNE QUI T'A SAUVÉ LA VIE !
COMMENT ÇA ?!
QU'EST-CE QUE TU ME CHANTES, ENCORE ?!
SI JE N'ÉTAIS PAS INTERVENUE...
C'EST TOI QUI AURAIS TIRÉ LA CENTIÈME FEUILLE !
QUOI ?!
ALORS CE FAMEUX MESSAGE SOI-DISANT ENVOYÉ PAR KANA...

ET QUI A POUSSÉ AKIRA À PRENDRE LE DERNIER PAPIER...
EN-SEM-BLE ...
P... POUR TOUJ...
25/10
KANA
POUR MON AKIRA CHÉRI
TU ME MANQUES. NE ME LAISSE PAS SEULE. JE VEUX RESTER AVEC TOI POUR TOUJOURS AU PARADIS... ALORS JE T'EN PRIE, VIENS VITE ME REJOINDRE. TU ES LE SEUL SUR QUI JE PUISSE COMPTER...
C'ÉTAIT L'ŒUVRE DE RIA ?
TU VEUX DIRE...
QUE C'EST TOI...
KAMIHATE ?!

TU AS ENFIN COMPRIS ?
EH BEN, C'EST PAS TROP TÔT !
QUAND YÔSUKE A CHERCHÉ L'EXPÉDITEUR DU MAIL BIDON QU'AVAIT REÇU AKIRA...
IL EST TOMBÉ SUR L'ADRESSE DE CE KAMIHATE...
MAIS SUR LE NET, PERSONNE NE CONNAISSAIT SA VÉRITABLE IDENTITÉ...
PUISQUE TU PRÉTENDS QUE C'EST TOI, DIS-MOI UN PEU DE QUEL DROIT TU JOUES AVEC LA VIE DES GENS !
POURQUOI LAISSER MOURIR AKIRA PLUTÔT QUE MOI ?!
SIMPLEMENT...
POUR PIMENTER LA PARTIE !
UN JEU SANS SURPRISE N'A AUCUN INTÉRÊT !

PLOF
TU ME DÉGOÛTES !!
C'EST DE TA FAUTE SI AKIRA EST MORT !
TU DOIS ÊTRE UNE SACRÉE PSY-CHOPATHE POUR N'EN AVOIR RIEN À FOUTRE !

POURQUOI EST-CE QUE TU M'AGRESSES ? JE T'AI SAUVÉ LA VIE...
TU AURAIS PRÉFÉRÉ Y PASSER À LA PLACE D'AKIRA ?
LÀ N'EST PAS LA QUESTION !
TRÈS BIEN ! QU'EST-CE QUE TU AS L'INTENTION DE FAIRE ?
SAUVER TOUT LE MONDE ?
OUI, ÉVIDEMMENT !
C'EST ABSOLUMENT IMPOSSIBLE !!
COMMENT ÇA ?!

KANA
NAOYA
DANS CE JEU, POUR SAUVER UNE PERSONNE, ON EST OBLIGÉ D'EN TUER UNE AUTRE !
C'EST UNE RÈGLE FONDAMENTALE...
100
POUR GAGNER, IL FAUT ÊTRE PRÊT À FAIRE DE GROS SACRIFICES !
MAIS QUI TU ES, À LA FIN ?!
COMMENT ÇA SE FAIT QUE TU EN SACHES AUTANT ?!
SI TU N'ES PAS LE ROI, QU'EST-CE QUE TU CHERCHES, AU JUSTE ?!
À M'AMUSER, RIEN DE PLUS !
C'EST UN DES PLUS EXALTANTS DÉFIS QUI SOIENT...
ET JE SOUHAITE GAGNER À TOUT PRIX ! LA PARTIE N'AURAIT AUCUN INTÉRÊT, SINON...

SAUF QUE ÇA N'A RIEN D'UN JEU !
C'EST UNE TUERIE, NI PLUS NI MOINS !
IL N'EXISTE PAS DE JEU PLUS PUR QU'UN COMBAT À MORT...
ELLE EST COMPLÈTEMENT CINGLÉE...
À MON AVIS...
POUR L'EMPORTER CONTRE LE ROI, CES LETTRES SONT NÉCESSAIRES...
PLUS ON EN AURA, ET PLUS ON SE RAPPROCHERA DU COUPABLE...
AUTREMENT DIT, PLUS IL Y AURA DE VICTIMES, ET PLUS NOS CHANCES DE VICTOIRE AUGMENTERONT !
J'Y CROIS PAS ! TU TE RENDS COMPTE DE CE QUE TU DIS ?!
C'EST IMMONDE !!

QUEL RABAT-JOIE... JE T'EXPLIQUE JUSTE MA STRATÉGIE !
COMME JE TE L'AI DIT, IL N'Y A PAS DE VICTOIRE SANS SACRIFICES...
SI ON HÉSITE, LE PRIX À PAYER N'EN SERA QUE PLUS ÉLEVÉ !
IL EXISTE FORCÉMENT UN AUTRE MOYEN DE S'EN SORTIR !
IL SUFFIRAIT QUE TOUT LE MONDE COOPÈRE !
SAUF QUE TU N'AS PAS RÉUSSI À SAUVER LA MOINDRE PERSONNE DE CETTE FAÇON...
JE ME TROMPE ?

TAC
TAP
TAP
JE SUIS PRÊTE À TOUT POUR VAINCRE LE ROI...
JE N'HÉSI-TERAI PAS À TUER SI ÇA S'AVÈRE NÉCES-SAIRE !
PAF
TU AS UNE CASE EN MOINS, MA PAU-VRE !
TU T'ENTENDS PARLER, DE-PUIS TOUT À L'HEURE ?!

JE RECONNAIS...
QUE JUSQU'À PRÉSENT ...
JE N'AI RÉUSSI À SAUVER PERSONNE ...
AKIRA !!
BON SANG !!
ET QUE TOUS MES ACTES ONT EU DES RÉPERCUSSIONS NÉGATIVES...
MAIS C'EST JUSTEMENT POUR CETTE RAISON ...
QUE JE REFUSE DE VOIR QUELQU'UN D'AUTRE MOURIR !
QUOI QUE TU EN DISES, JE SUIS PERSUADÉ...
QU'ON PEUT L'EMPORTER SANS FAIRE PLUS DE VICTIMES !!
SI LES CHANCES DE TIRER TOUT LE MONDE D'AFFAIRE ÉTAIENT DE 1 %...
ET CELLES DE SAUVER SEULEMENT UNE POIGNÉE D'INDIVIDUS DE 99 %...

TU SERAIS PRÊT À MISER NOS VIES SUR CE PETIT 1 % ?
LES STATISTIQUES, LES PERTES ET PROFITS... CE GENRE DE TRUCS, JE N'Y COMPRENDS RIEN...
ET J'EN AI RIEN À FAIRE !
S'IL EXISTE UNE FAÇON DE VENIR EN AIDE À TOUTE LA CLASSE, JE LA TROUVERAI !
JE SUIS PRÊT À TOUT POUR ÇA !
ON VERRA BIEN SI JE N'AI RIEN DANS LE VENTRE !!

VLAM
JE SUIS ENTIÈREMENT D'ACCORD !!
C'EST NORMAL DE VOULOIR SAUVER LE PLUS DE MONDE POSSIBLE !!
NAOYA !
...
MOI AUSSI, JE SUIS PRÊT À TOUT POUR Y PARVENIR !

COMME TU VOUDRAS… CE N'EST QU'UN JEU, APRÈS TOUT…
MAIS TU COURS DROIT À TA PERTE !
SI QUELQU'UN SURVIT, CE SERA MOI !
…

ALORS C'EST ELLE, KAMIHATE...
SI JE M'AT-TENDAIS À CE QUE LE DIEU DU JEU SOIT DANS NOTRE CLASSE...
DÉSOLÉ, MAIS JE N'AI PAS PU M'EMPÊCHER D'ÉCOUTER VOTRE CON-VERSATION !
ENVOYER UN MAIL BIDON À AKIRA, EFFACER LES MESSAGES DES PORTABLES DES VICTIMES...
QU'EST-CE QUE RIA TRAFIQUE, À LA FIN ?!
POURQUOI EST-CE QUE TU M'AS SUIVI ?!
IL ME SEMBLAIT T'AVOIR DIT DE NE PLUS T'APPROCHER DE MOI !!
...
JE REFUSE DE VOIR EN-CORE UNE FOIS...
UN DE MES AMIS MOURIR SOUS MES YEUX !
ALORS S'IL TE PLAÎT, LAISSE-MOI !!

PLOF
NON MAIS ÇA VA PAS LA TÊTE ?!
TU N'AS PAS BIENTÔT FINI DE JOUER LES MARTYRS ?!
ARRÊTE DE FAIRE COMME SI TU ÉTAIS LE SEUL À HAÏR LE ROI...
MOI ET LES AUTRES, ON VEUT SA PEAU TOUT AUTANT QUE TOI !
NAOYA ...

À MON AVIS, TOUT CE QUE CE TYPE CHERCHE À FAIRE, C'EST NOUS DIVISER...
?!
ET S'IL REDOUTAIT PAR-DESSUS TOUT QU'ON SE LIGUE TOUS CONTRE LUI ?!
TU AS SÛREMENT RAISON !
C'EST VRAI QU'EN CE MOMENT, AU LIEU D'AGIR CHACUN DE NOTRE CÔTÉ ...
CE SERAIT PLUS PRO-DUCTIF DE SE FAIRE CONFIANCE LES UNS LES AUTRES !
AH, J'ALLAIS OUBLIER ! TOUT À L'HEURE ...
AVANT DE VENIR ICI, J'AI VU LE PROF PRIN-CIPAL...
ET IL M'A DIT...

APPAREMMENT...
PENDANT QUE J'ÉTAIS OCCUPÉ À TRAQUER LES MESSAGES NON ENVOYÉS...
SHINGO, MOTOKI ET MAKI...
SONT TOUS LES TROIS DÉCÉDÉS !
AU COURS D'UNE DISPUTE, MOTOKI AURAIT POUSSÉ SHINGO DANS UN ESCALIER...
JE NE SAIS PAS QU FAIRE
COMMENT ÇA ? LA QUESTION NE SE POSE MÊME PAS !!
SI TU N'ARRIVES PAS À ENVOYER CES MESSAGES, JE VAIS LE FAIRE À TA PLACE !!
HEIN ?!
MAIS C'EST FORCÉMENT UN ACCIDENT... CES DEUX-LÀ ÉTAIENT COMME LES DEUX DOIGTS DE LA MAIN !
VSH!

DANS SA CHUTE, SHINGO S'EST BRISÉ LES CERVI-CALES ET EST MORT SUR LE COUP...
MOTOKI, QUANT À LUI, EST DÉCÉDÉ MYSTÉRIEUSE-MENT DANS LA VOITURE QUI L'EMMENAIT AU POSTE DE POLICE...
ET POUR FINIR, MAKI A ÉTÉ RETROUVÉE GISANT SANS VIE DANS SA CHAMBRE !
CHACUN DE NOUS A REÇU UN MAIL CONFIR-MANT QU'AKEMI AVAIT BIEN EXÉ-CUTÉ SON ORDRE...
AUTREMENT DIT, MOTOKI ET MAKI ONT PÉRI DE SA MAIN !

J'AVAIS SANS DOUTE DU MAL À ADMETTRE QUE DES AMIS MEURENT SI FACILEMENT...
ALORS, AUSSI CRUEL ET INDÉCENT QUE ÇA PUISSE PARAÎTRE...
ON S'EST EMPRESSÉS DE CONTACTER LEURS PARENTS !
TOUJOURS EST-IL QUE LES MESSAGES LAISSÉS PAR LES TROIS DISPARUS ÉTAIENT POUR L'INSTANT NOTRE MEILLEURE PISTE ...
RIA N'AVAIT SANS DOUTE PAS ENCORE ÉTÉ MISE AU COURANT...
CAR ON A PU OBTENIR LES LETTRES SANS PROBLÈME !
BIEN SÛR, ON A EFFACÉ LES MAILS POUR L'EMPÊCHER DE LES CONSULTER...
KANAZAWA
CLAC
カチャ

JE T'EN PRIE, FAIS COMME CHEZ TOI !
ATTENDS, JE VAIS TE DÉGAGER UN COIN POUR T'ASSEOIR ...
VRSH
ガチャ
J'AI BOUSILLÉ TOUTES MES AFFAIRES POUR OBÉIR À MON ORDRE...
TAC
ガチャ
JE N'AVAIS PAS LE CHOIX ...

JE NE ME SUIS...
JAMAIS SENTI AUTANT EN CO-LÈRE !

MÊME S'IL Y AVAIT DES TAS DE CHOSES AUXQUELLES JE TENAIS DANS CETTE CHAMBRE...
PLAF
CE QUE J'AVAIS DE PLUS PRÉCIEUX ÉTAIT JUSTE SOUS MON NEZ !
C'EST POUR ÇA QUE TU AS ROMPU AVEC CHIEMI ?
QU'EST-CE QUE JE POUVAIS FAIRE D'AUTRE ?
LE TEMPS PRESSAIT ET JE N'AVAIS PAS DE MEILLEURE IDÉE...
QUAND TOUT SERA TERMINÉ...
JE LUI EXPLIQUERAI TOUT...

OUI...
MÊME SI TU LUI AS FAIT DE LA PEINE, JE SUIS SÛR QU'ELLE COMPRENDRA !
BON, IL FAUT QU'ON CONTACTE YÔSUKE...
IL A SÉCHÉ LES COURS POUR EFFECTUER UN MAXIMUM DE RECHERCHES SUR LE JEU DU ROI ET SUR KAMIHATE !
JE PENSE QU'IL VAUDRAIT MIEUX LE TENIR AU COURANT DE CE QUI S'EST PASSÉ CE MATIN AVEC RIA...
BONNE IDÉE...
CLAC
JE L'APPELLE TOUT DE SUITE !
BIP

octobre
VRRR
VRRR
GLAC
NOBUAKI ?!
ALLÔ, C'EST TOI ?!
EST-CE QUE ÇA VA ? OÙ TU ÉTAIS PASSÉ, BON SANG ?!
J'AI ESSAYÉ DE TE JOINDRE JE NE SAIS COMBIEN DE FOIS !
DÉSOLÉ ...
JE VIENS JUSTE DE RENTRER CHEZ MOI...
JE SUIS AVEC NAOYA...
JE NE T'EN VEUX PAS...
JE SAIS BIEN QUE TU N'AS PAS EU UNE MINUTE À TOI...
MAIS JUSTEMENT POURQUOI NE PAS T'ÊTRE REPOSÉ SUR NOUS ?
TU PEUX NOUS FAIRE CONFIANCE, TU SAIS !

TU AS RAISON ...
MERCI !
BON, ÉCOUTE-MOI BIEN ! J'AI DÉCOUVERT PLUSIEURS CHOSES...
C'EST VRAI ?!
D'ABORD, AU SUJET DU MESSAGE QUE TU AS TROUVÉ SUR LE PORTABLE D'AKIRA...

IL Y EN AVAIT UN DU MÊME ACABIT SUR LE TÉLÉPHONE DE NAMI...
QUOI ?! MAIS ALORS...
C'EST SANS DOUTE LE CAS POUR TOUTES LES VICTIMES !
EXACT !
JE ME SUIS RENDU CHEZ PLUSIEURS D'ENTRE ELLES AFIN D'EN AVOIR LE CŒUR NET ...
ET J'AI PU CONSTATER QU'IL RESTAIT UN MAIL NON ENVOYÉ SUR LE PORTABLE DE DAISUKE !
EN CLAIR...
ÇA NE PEUT PAS ÊTRE UNE COÏNCIDENCE !!
CES LETTRES ONT FORCÉMENT UN LIEN ÉTROIT AVEC LE JEU !

EN EFFET ...
J'AI AUSSI CONSULTÉ LES TÉLÉPHONES DE HIDEKI, SATOMI ET KANA...
SUPPRIMER ?
OUI
NON
SAUF QUE QUELQU'UN ÉTAIT PASSÉ AVANT MOI ET AVAIT EFFACÉ LES MESSAGES !
MAIS QUI A BIEN PU FAIRE ÇA ?!
CE QUI M'AMÈNE À MA DEUXIÈME INFO...
J'AI DÉCOUVERT L'IDENTITÉ DE L'EXPÉDITEUR DU MAIL BIDON REÇU PAR AKIRA !
QUOI ?!
RIA ET KAMIHATE NE FONT QU'UN !!
JE N'EN REVIENS PAS !

ÇA N'A PAS DE SENS !
QU'EST-CE QU'UN HACKER AUSSI REDOUTABLE FERAIT DANS NOTRE CLASSE ?!
ET COMMENT TU L'AS SU ?! MÊME LES SERVICES DE RENSEIGNEMENTS DU MONDE ENTIER ONT ÉTÉ INCAPABLES DE PERCER SON IDENTITÉ À JOUR !
DE SA PROPRE BOUCHE... EN PLUS, RIA ÉTAIT AU COURANT POUR LE MAIL ENVOYÉ À AKIRA !
JE N'AI PAS VRAIMENT DE PREUVE, MAIS JE PENSE QU'ELLE DIT LA VÉRITÉ !
C'EST AUSSI ELLE QUI A EFFACÉ LES BROUILLONS SUR LES TÉLÉPHONES !
TU CROIS QUE C'EST ELLE, LE ROI ?!

FRANCHEMENT, JE L'IGNORE ...
MAIS ELLE SEMBLE EN SAVOIR PLUS QUE NOUS SUR LE JEU...
JE SUIS CONVAINCU QU'ELLE N'EST PAS ÉTRANGÈRE À TOUT CE QUI SE PASSE !
CLRR
MOI AUSSI, J'AI FAIT QUELQUES DÉCOUVERTES INTÉRESSANTES ...
TAC
TAC
JE VOUS EN PARLERAI QUAND J'AURAI PLUS DE DÉTAILS !
AU FAIT, J'AI UN SERVICE À TE DEMANDER ...

C'EST À PROPOS DE KAORI ...
?!
ON PEUT TOUS Y PASSER N'IMPORTE QUAND...
ALORS SI JAMAIS IL M'ARRIVE QUELQUE CHOSE, J'AIMERAIS QUE TU VEILLES SUR ELLE À MA PLACE...
OK ?
JE NE ME DOUTAIS PAS QU'IL EN PINÇAIT POUR ELLE...
IL N'EN AVAIT JAMAIS RIEN LAISSÉ PARAÎTRE...
JE COMPRENDS ...
C'EST PROMIS !
EN ÉCHANGE, AU CAS OÙ JE N'EN RÉCHAPPERAIS PAS...
D'ACCORD, JE FERAI DE MÊME AVEC CHIEMI !
JE TE TIENS AU COURANT, À PLUS !

VOILÀ LES SEULES LETTRES QU'ON CONNAÎT...
J'AI NOTÉ TOUTES LES POSSIBILITÉS QUI ME VENAIENT À L'ESPRIT ...
don(n)ai e...
on a di(t) e...
aide(z-)no(us)...
on (v)a e...
adie(u) no(s)...
LA PREMIÈRE PERSONNE DU PLURIEL REVIENT LE PLUS SOUVENT ...
HMM...
PEUT-ÊTRE QUE LE ROI A UN COMPLICE ?
CE N'EST PAS EXCLU...
MAIS ON EN SAIT VRAIMENT TROP PEU, POUR L'INSTANT !

SI AU MOINS ON CONNAISSAIT LES TROIS LETTRES EFFACÉES PAR RIA...
MAIS ELLE NE CRACHERA JAMAIS LE MORCEAU !
SI ON LUI PROPOSAIT ...
D'ÉCHANGER NOS INFOS CONTRE LES SIENNES ?
HMM...
J'Y AI PENSÉ AUSSI...
SAUF QU'ON NE PEUT PAS LUI FAIRE CONFIANCE ...
ON N'A AUCUN MOYEN DE VÉRIFIER QU'ELLE NE MENT PAS, D'AUTANT QU'ELLE POUR-RAIT BIEN ÊTRE LE ROI !
CLAP
ON DEVRAIT BIENTÔT RECEVOIR LE NOUVEL ORDRE...
C'EST VRAI...
POURVU QUE CE SOIT QUELQUE CHOSE DE FACILE...

28 Oct.
PM23:59
TAC
PRÊT ?!
VAS-Y !
BIP
BIP BIP
VFF
VFF
?!
QU'EST-CE QUE ÇA VEUT DIRE ?!
JE N'Y COMPRENDS RIEN...

QU'EST-CE QUI SE PASSE, BON SANG ?!
ATTENTION, AUCUN ABANDON NE SERA TOL
ORDRE N° 11 :
IL Y A UN ACTE INUTILE POUR LE JEU
DU ROI QU'AUCUN MEMBRE DE CETTE
CLASSE NE DOIT COMMETTRE.
EN OUTRE, CERTAINS ÉLÈVES ONT ENFR
UNE RÈGLE ET RECEVRONT UN GAGE
ANCE TENANTE.
ÉLÈVE N° 28, YÛSUKE MIZUUCHI,
EST CONDAMNÉ À MOURIR D'UN ARRÊT
CARDIAQUE.
L'ÉLÈVE N° 30, SHÔTA YAHIRO, EST
CONDAMNÉ À LA MORT PAR ASPHYXIE.
L'ÉLÈVE N° 15, AKEMI KINOSHITA, EST
CONDAMNÉE À LA MORT PAR NOYADE.
SOUS-MENU
RÉPONDRE
ILS ONT ENFREINT UNE RÈGLE ?!
POURQUOI CES TROIS-LÀ ?!
MAIS LAQUELLE ?
NON...
C'EST IMPOSSIBLE !
IL Y A FORCÉMENT UNE ERREUR !!

BIP BIP
ENCORE UN ?!
BRRRR
29/10 00:00
ROI
JEU DU ROI
BIP
L'ÉLÈVE N° 20, MISAK
NAKAJIMA, EST CONDAMNÉE
À LA DÉCAPITATION POUR
NE PAS AVOIR EXÉCUTÉ LES
ORDRES DU ROI.
--END--
C'EST AU TOUR DE MISAKI, MAINTENANT ?!
AAH...
ILS TOMBENT COMME DES MOUCHES...
ON EST FOUTUS...
ÇA SUFFIT, REPRENDS-TOI !!
IL FAUT TROUVER LA CAUSE DE CETTE HÉCATOMBE...
AVANT DE TOUS Y PASSER !!
D'ACCORD...

QUANT À MISAKI, ELLE N'A PAS PU EXÉCUTER L'ORDRE, MAIS JE NE COMPRENDS MÊME PAS LE SENS DE CE DERNIER...
ORDRE N° 11 : IL Y A UN ACTE INUTILE POUR LE JEU DU ROI QU'AUCUN MEMBRE DE CETTE CLASSE NE DOIT COMMETTRE.
QU'EST-CE QUE CES TROIS-LÀ ONT BIEN PU FAIRE ?
JEU DU ROI
L'ÉLÈVE N° 5, YÛKO IMOTO, EST CONDAMNÉE AU BÛCHER POUR NE PAS AVOIR EXÉCUTÉ LES ORDRES DU ROI.
--END--
SOUS-MENU
YÛKO AUSSI ?!
C'EST UN VRAI CAUCHEMAR !!

JE VAIS CONTACTER CHIEMI...
HEIN ?!
TOI, APPELLE UN DES CONDAMNÉS !
QU'EST-CE QUE TU ATTENDS ?!
JE SUIS CENSÉ LUI DIRE QUOI ?!
J'EN SAIS RIEN !
MAIS C'EST TOUT CE QU'ON PEUT FAIRE POUR L'INSTANT !!
TUUT
TUUT
BIP
APPEL
CHIEMI
JE T'EN SUPPLIE, RÉPONDS !
CHIEMI ...

CLIC
VOTRE CORRESPONDANT N'EST PAS JOIGNABLE POUR L'INSTANT...
POURQUOI EST-CE QU'ELLE NE DÉCROCHE PAS ?!
QU'EST-CE QU'ELLE FABRIQUE DANS UN MOMENT PAREIL ?!
J'AI APPELÉ YÛSUKE, MAIS JE N'AI AUCUNE RÉPONSE !
JE N'ARRIVE PAS À JOINDRE CHIEMI NON PLUS !
QU'EST-CE QU'ON VA FAIRE ?!
BIP BIP
C'EST UNE BLAGUE ?!
BIP
AAH...

ROI
JEU DU ROI
L'ÉLÈVE N° 29, EMI MIYAZAKI, EST CONDAMNÉE À L'ÉCARTÈLEMENT OUR NE PAS AVOIR EXÉCUTÉ LES RDRES DU ROI.
--END-
C'EST DE PIRE EN PIRE !!!
VITE, APPELLE EMI !
O... OK !
MOI, JE TÉLÉPHONE À SHÔTA !
BIP
CLIC
TRALILI
POURQUOI EST-CE QU'ILS SONT TOUS CONDAMNÉS LES UNS APRÈS LES AUTRES ?!
IL FAUT À TOUT PRIX QU'ON TROUVE LA CAUSE DE CE CARNAGE !!
ALLÔ, SHÔTA ?!
ARGH !

AAAAH !
NOBU...
GH...
GH...
PEUX PLUS RESP...
GH...
ARGH !
IL PARAÎT QUE TU AS ENFREINT UNE RÈGLE, QU'EST-CE QUE TU AS FAIT ?!
IL ÉTAIT CONDAMNÉ À L'ASPHYXIE ! ALORS ÇA A DÉJÀ COMMENCÉ...

GH...
AAH...
ARGH...
J'AI... BLO...
BLO-QUÉ...
BLOQUÉ QUOI ?!
DE QUOI TU PARLES ?!
T'ES TOU-JOURS LÀ ?!
RÉPONDS-MOI !
JE T'EN PRIE, RÉPONDS !
SHÔTA !
SHÔTAAA !!

IL... IL EST...
C'EN EST TROP !!
COMMENT EST-CE QUE DES GENS PEU-VENT MOURIR AUSSI FACI-LEMENT ?!
JE N'AI AUCUNE IDÉE DE CE QU'IL FAUT FAIRE !!
JE N'Y COM-PRENDS PLUS RIEN !

NOBUAKI ...
TU AS PARLÉ DE BLOCAGE, À L'INSTANT ?
OUI...
JE NE SAIS PAS CE QUE ÇA VEUT DIRE, MAIS C'EST CE QUE SHÔTA A MENTIONNÉ EN DERNIER...
EST-CE QU'IL N'AURAIT PAS BLOQUÉ SA MESSAGERIE ?
HEIN ?!
HIER, LUI ET LES DEUX YÛSUKE S'ÉTAIENT DEMANDÉ CE QUI SE PASSERAIT SI ON REFUSAIT LES MESSAGES DU ROI ...
PEUT-ÊTRE QU'ILS ONT TENTÉ LE COUP, QUI SAIT ?

QUOI ?!
C'EST STUPIDE, ON NE PEUT PAS ÉCHAPPER AU JEU AUSSI FACILEMENT ! AU CONTRAIRE, ON RISQUE DE...
MAIS OUI, ÇA SE TIENT !
JE M'EN SOUVIENS MAINTENANT !
DE QUOI ?!
LES MESSAGES PRÉCISENT BIEN QU'ON N'A PAS LE DROIT D'ABANDONNER...
ROI
JEU DU ROI
ATTENTION, AUCUN ABANDON NE SERA TOLÉRÉ.
LE ROI CONSIDÈRE SANS DOUTE QUE REFUSER SES MAILS REVIENT À DÉCLARER FORFAIT !

29/10 00:00
ROI
JEU DU ROI
EN OUTRE, CERTAINS ÉLÈVES ONT
UNE RÈGLE ET RECEVRONT UN GAGE
SÉANCE TENANTE.
L'ÉLÈVE N° 28, YÛSUKE MIZUCHI,
EST CONDAMNÉ À MOURIR D'UN ARRÊT
CARDIAQUE.
L'ÉLÈVE N° 30, SHÔTA YAHIRO, EST
CONDAMNÉ À LA MORT PAR
L'ÉLÈVE N° 15,
C'EST ÇA, LA RÈGLE QU'ILS ONT TOUS ENFREINTE !
OUI ...
MAIS POUR AKEMI, C'EST PEUT-ÊTRE DIFFÉRENT ...
?!
J'AI ESSAYÉ DE L'APPELER...
ET APPAREMMENT, SON NUMÉRO N'EST PLUS EN SERVICE !
ELLE AURAIT RÉSILIÉ SON ABONNEMENT ?
C'EST ABSOLUMENT IMPOSSIBLE DE FUIR, ALORS...
BIP
BIP
OH NON...
VRR
VRR
PITIÉ, NE ME DITES PAS QU...

00:09
ROI
JEU DU ROI
L'ÉLÈVE N° 13, YÛSUKE KAWAKAMI, EST CONDAMNÉ À L'ÉCARTÈLEMENT POUR NE PAS AVOIR EXÉCUTÉ LES ORDRES DU ROI.
C'EST PAS VRAI ! JE T'EN PRIE, ARRÊTE !!
APPEL
YÛSUKE
TRILILI
BIP
CLIC
C'EST TOI, NOBUAKI ?!
YÛSUKE ?!
S... S'IL TE PLAÎT, AIDE-MOI !
JE PIGE PAS CE QUI M'ARRIVE !
BRRR
HIII !
GH...
JE TE JURE QUE JE N'AI RIEN FAIT DU TOUT !!
POURQUOI EST-CE QUE J'AI EU UN GAGE ?!
HIC

TU N'AS PAS BLOQUÉ LES MESSAGES DU ROI ?!
NON ! SHÔTA ET YÛSUKE L'ONT FAIT, MAIS MOI, JE ME SUIS DÉGONFLÉ !
CHERCHE PLUTÔT UN MOYEN DE M'AIDER...
JE T'EN SUPPLIE !!
PARDON, MAIS JE NE PEUX RIEN POUR TOI...
JE NE CONNAIS MÊME PAS LA CAUSE DE CES CONDAMNATIONS !
DIS QUELQUE CH...
QU... QU'EST-CE QUI SE PASSE ?!
AÏE ! AAAH ! ÇA FAIT UN MAL DE CHIEN ! GH...
AU SECOURS !
AAAARGH !

VSH
VSH
CRAC
PLAF
FLOP
FLOP

TUT
TUT
TUT
EST-CE QUE ÇA VA ?!
PLAF
MÊME SI CE QUI VIENT D'ARRIVER EST ATROCE, ÇA N'EN RESTE PAS MOINS LA RÉALITÉ...
CHIEMI, NAOYA ET MOI, ON POURRAIT BIEN SUBIR LE MÊME SORT...
CHIEMI... J'ESPÈRE QU'ELLE VA BIEN !!
MES DOIGTS TREMBLENT
...
BRRR
BIP
BIP
TRILILI
TRILILI

CLIC
VOTRE CORRESPONDANT N'EST PAS JOIGNABLE POUR L'INSTANT ...
POURQUOI EST-CE QUE TU NE RÉPONDS PAS ?!
NAOYA ...
JE M'INQUIÈTE POUR CHIEMI, JE VAIS VOIR CHEZ ELLE ...
OUI, ÇA VAUT MIEUX...
MOI AUSSI, JE ME FAIS DU SOUCI... TIENS-MOI AU COURANT !
IL FAUT PRÉVENIR LES AUTRES DE NE PAS BLOQUER LEUR MESSAGERIE...
NI RÉSILIER LEUR ABONNEMENT !
OCCUPE-TOI DES GARÇONS ...
JE CONTACTERAI LES FILLES EN CHEMIN !
FAIS ATTENTION À TOI, SURTOUT !
T'INQUIÈTE ...
PAS QUESTION D'Y PASSER AVANT D'AVOIR DÉBUSQUÉ LE ROI !!

TAP
TAP
TAP
HIROKO ?!
C'EST TOI, NO-BUAKI ?!
QU'EST-CE QU'ON VA FAIRE ?!
ILS MEURENT TOUS LES UNS APRÈS LES AUTRES !
TAP
DU CALME, ÉCOUTE-MOI BIEN !
NE COUPE SURTOUT PAS LA FONCTION MESSAGERIE DE TON PORTABLE, ET NE RÉSILIE PAS TON ABON-NEMENT !!
TAP
C'EST À CAUSE DE ÇA QUE SHÔTA ET LES AUTRES ONT ÉTÉ TUÉS !
TAP
TAP

QUOI ?
JUSTE POUR ÇA ?
ガク
BRRRR
ガク
ガク
FAIS PASSER L'INFO AUTOUR DE TOI, IL Y A DÉJÀ EU TROP DE VICTIMES !
D'AC-CORD...
QUANT À L'ORDRE ACTUEL, JE NE SAIS PAS CE QU'A INTERDIT LE ROI, ALORS DANS LE DOUTE, ABSTIENS-TOI D'AGIR !
COMPRIS, MERCI...
Bir
Bir
POUR L'INSTANT, LE PRINCI-PAL, C'EST DE PRÉ-VENIR LES AUTRES...
HAN
HAN
HAN
CHIEMI... JE T'EN PRIE, RESTE EN VIE !

TAC
PLAF
TAC
VSH
BIP
BIP
AÏE...

ENCORE UNE VICTIME... COMBIEN EST-CE QUE TU COMPTES EN TUER ?
TING
TING
CE MESSAGE ...
VA PEUT-ÊTRE M'ANNONCER LA MORT DE CHIEMI...
NON, HORS DE QUESTION ...
JE REFUSE D'Y CROIRE !
GH ...
BIP

L'ÉLÈVE N° 31, HIROKO YAMAGUCHI, EST CONDAMNÉE À MOURIR D'UN ARRÊT CARDIAQUE POUR NE PAS AVOIR EXÉCUTÉ LES ORDRES DU ROI.
MAIS C'EST QUOI, CE DÉLIRE ?!
HAN
HAN
HAN
HIROKO YAMAGUCHI
POURQUOI ELLE ?!
JE VIENS POURTANT DE LUI DIRE DE SE TENIR TRAN-QUILLE !!
TRILILI
APPEL
HIROKO
TRILILI
BIP

POURQUOI EST-CE QUE J'AI EU UN GAGE ?!
JE N'AI RIEN FAIT !
JE NE COMPRENDS PAS !
JE N'AI RIEN FAIT DU TOUT, JE TE LE JURE !!
JE SUIS AUSSI SURPRIS QUE TOI ...
TU ES RESTÉE COMPLÈTEMENT IMMOBILE, APRÈS QUE J'AI RACCROCHÉ ?
OUI !
J'AI ESSAYÉ DE NE PAS BOUGER, DE NE PENSER À RIEN !
JE ME SUIS JUSTE BLOTTIE DANS MON LIT...
HAN
HAN
HAN
J'AVAIS MÊME TROP PEUR POUR TÉLÉPHONER...
JE T'ASSURE QUE JE N'AI PAS REMUÉ LE PETIT DOIGT !
HAN
YÛSUKE M'A DIT LA MÊME CHOSE...
POURTANT, ILS N'ONT PAS REÇU DE GAGE SANS RAISON !
IL S'EST PASSÉ UN TRUC, C'EST OBLIGÉ...
HIROKO ET YÛSUKE ONT FAIT QUELQUE CHOSE, CONTRAIREMENT À NOUS !
GH ...
AH ...
GH ...
ARGH ...
OH NON !

AAAAH!
HIROKO ?!
CLIC
RÉPONDS !!
TUT TUT
TUT TUT

BIP
BIP
L'ÉLÈVE Nº 4, HIROFUMI INOUE, EST CONDAMNÉ AU BÛCHER POUR NE PAS AVOIR EXÉCUTÉ LES ORDRES DU ROI.
--END--
ENCORE ?!
ALLÔ, HIROFUMI ?
C'EST MOI, NOBUAKI. JE VIENS DE VOIR LE MES-SAGE...

QU'EST-CE QUI VA...
M'ARRIVER ?
POURQUOI...
EST-CE QUE JE DOIS SUBIR ÇA ?!
YÛSUKE ET HIROKO M'ONT DIT QU'ILS AVAIENT ÉTÉ CONDAMNÉS SANS RAISON ...
POURTANT, ILS ONT SÛREMENT FAIT QUELQUE CHOSE SANS LE VOULOIR !
STOP
EST-CE QUE TU NE SERAIS PAS EN TRAIN DE PLEURER, EN CE MOMENT ? EUX AUSSI SANGLOTAIENT QUAND JE LES AI EUS AU TÉLÉPHONE ...
J'AI BIEN PEUR QUE POUR LE FOU SANGUINAIRE QUI MÈNE LA DANSE, LES LARMES NE SOIENT INUTILES ...

C'EST VRAI...
JE SUIS EN TRAIN DE PLEURER COMME UNE MADELEINE ...
ON DIRAIT QUE TU AS VU JUSTE !
PAR-DON...
JE M'EN SUIS RENDU COMPTE TROP TARD...
QU'EST-CE QUE TU RACONTES ? TU N'Y PEUX RIEN...
C'EST NORMAL D'ÊTRE ATTRISTÉ PAR LA MORT DES GENS QU'ON AIME ...
MÊME SI TU M'AVAIS MIS AU COURANT PLUS TÔT, JE SUIS TELLEMENT PLEURNICHARD QUE JE N'AURAIS SANS DOUTE PAS PU M'EN EMPÊCHER !
SALUT, NOBUAKI ...
ET MERCI POUR TOUT...
ATTENDS !!
NOOON !!
HIROFUMI !!
TUT
TUT

BIP
BIP
VRR
VRR
PLOF
GRRR

AAAAAH !
BAM
BAM
BAM
BAM
BAM
BAM
STOP
BAM
NE PENSE À RIEN ! FAIS LE VIDE DANS TA TÊTE !!
GH...
AAH...
BON SANG... QU'EST-CE QUE C'EST DUR DE SE RETENIR DE PLEURER !
GH...
IMPOSSIBLE DE NE PAS CRAQUER DANS DES CIRCONSTANCES PAREILLES !
JE NE DOIS RESTER FOCALISÉ QUE SUR UNE CHOSE : METTRE LES AUTRES AU COURANT !!

BIP
CE MESSAGE ATTENDRA ...
BIP
JE VAIS LE REGARDER, MAIS LAISSE-MOI D'ABORD PASSER UN COUP DE FIL !
ALLÔ ?!
TU AS DÉCOUVERT QUELQUE CHOSE ?!
DIS AUX AUTRES DE NE PAS LIRE LEURS MESSAGES DE LA JOURNÉE ...
DE NE PAS TÉLÉPHONER ET DE NE PAS DÉCROCHER SI ON LES APPELLE !
MAIS POURQUOI ?!
TU PEUX M'EXPLIQUER ?!

LE DERNIER ORDRE DU ROI ...
SOUS-ENTEND QU'ON REÇOIT UN GAGE SI ON PLEURE !
QUOI ?!
MAIS ALORS ...
RÉFLÉCHIS DEUX SECONDES ! APPRENDRE LA MORT D'UN PROCHE ATTRISTERAIT N'IMPORTE QUI...
SAUF QUE PLEURER ÉQUIVAUT À RÉCOLTER UN GAGE !
AUTREMENT DIT, LA PERSONNE QUI A CRAQUÉ EST ALORS CONDAMNÉE, CE QUI EN POUSSE D'AUTRES À PLEURER, ET CE SCHÉMA PEUT SE RÉPÉTER À L'INFINI !
C'EST UN CERCLE VICIEUX !
ET LÀ, AU TRAIN OÙ VONT LES CHOSES, ON RISQUE DE TOUS Y PASSER !!

GH...
PLIC
PLOC
CRRR
D'ACCORD, JE COMPRENDS...
SI ON APPREND LA MORT DE QUELQU'UN, ON AURA BEAU SE RETENIR, ON RISQUE DE CHIALER QUAND MÊME...
C'EST SÛREMENT CE QUE J'AURAIS FAIT, SI J'AVAIS LU MES MESSAGES...
HEUREUSEMENT, COMME J'ÉTAIS OCCUPÉ À PASSER DES COUPS DE FIL, JE N'AI MÊME PAS OUVERT MA BOÎTE DE RÉCEPTION !

TANT MIEUX ...
SI TU ÉTAIS MORT, J'AURAIS CRAQUÉ, SANS L'OMBRE D'UN DOUTE !
TU PEUX FAIRE CIRCULER L'INFO ?
SANS PROBLÈME ! AU FAIT, TU AS RETROU-VÉ CHIEMI ?
NON, PAS ENCORE...
VA VITE LA REJOINDRE ...
PENDANT CE TEMPS, JE M'OC-CUPE DU RESTE !
ENTENDU ...
MERCI, NAOYA !

TRILILI
TRILILI
APPEL
CHIEMI
BIP
VOTRE CORRESPONDANT N'EST PAS JOIGNABLE POUR L'INSTANT...

ON NE PEUT PAS FAIRE TAIRE SES SENTIMENTS...
QUAND ON EST ACCABLÉ PAR LA PEUR OU LA TRISTESSE, LES LARMES COULENT TOUTES SEULES...
JE SENS QUE JE N'EN AI PLUS POUR LONGTEMPS...
CHIEMI... J'AURAIS VOULU TE REVOIR UNE DERNIÈRE FOIS...
MAIS JE SUIS À BOUT...
PARDONNE-MOI...

TRILILI
TRILILI
APPEL
YÔSUKE
TRILILI
TIENS...
CLIC
NOBUAKI ?! C'EST MOI !
CONTENT DE VOIR QUE TU VAS BIEN !
DÉSOLÉ ...
MAIS JE CROIS QUE JE N'IRAI PAS PLUS LOIN...

RESSAISIS-TOI, MON VIEUX !
IL Y A ENCORE DE L'ESPOIR !!
TAC
TAC
J'AI MIS LA MAIN SUR UN INDICE CRUCIAL !!
COMMENT ÇA ?!
UN AUTRE JEU DU ROI A DÉJÀ EU LIEU PAR LE PASSÉ...
ET J'AI DÉCOUVERT OÙ !